# 舟子的悲歌

余光中

· 野風出版社 ·

# 目錄

## 第一輯

## 第二輯

# 第一輯

# 揚子江船夫曲

——用四川音朗誦

我在揚子江的岸邊歌唱，
歌聲響遍了岸的兩旁。
我抬起頭來看一看東方，
初升的太陽是何等的雄壯！
嗨喲，嗨喲，
初升的太陽是何等的雄壯！

順風時扯一張白帆，
把風兒裝得滿滿；

上水來拉一根鉄鏈，
把船兒背上靑天！
嗨喲，嗨喲，
把船兒背上靑天！

微笑的水面像一牀搖籃，
水面的和風是母親的手。
瘋狂的浪頭是一羣野獸，
拿船兒馱起就走！
嗨喲，嗨喲，
拿船兒馱起就走！

一輩子在水上流浪，
我的家最是寬廣：

早飯在敍府吃過，
晚飯到巴縣再講！
嗨喲，嗨喲，
晚飯到巴縣再講！

我在揚子江的岸邊歌唱，
歌聲響遍了岸的兩旁。
我抬起頭來看一看東方，
初升的太陽是何等的雄壯！
嗨喲，嗨喲，
初升的太陽是何等的雄壯！

卅八、六、十

# 清道夫

四周的人在做夢，
我顫抖地起來了。
陣陣寒冷的北風
在梧桐樹頂怒號！

掃去昨夜的汚濁，
留下今朝的脚印；
開一條新的道路，
向前去迎接黎明。

卅八、七、十九

# 真理歌

我的大名震全宇，
我叫做眞理。
我到底是什麼東西？
沒誰能說得詳細。
好在我無論走到那裏，
大家都對我客客氣氣；
愈不明我的來歷，
愈待我彬彬有禮。
二十世紀的老希，
中古時期的皇帝，
一聽到我的名字，

都顯得異常謙虛：
說我和他們的主義
原來是同胞的兄弟；
說我是他們的君主，
他們是我的奴隸。
他們把我的身體
撕成了南北東西：
我從未到過的地區
也說我原住在那裏！
法西斯蒂的元首請我坐首席，
克姆林宮據說是我的根據地；
有一家報紙聘我做主筆，
爲的是景仰我的名氣。
眞敎我又驚又喜，

可恨的是沒人眞講信義，
集體地拿我老實人來欺：
人面前把我捧做上帝，
人背後把我踐做爛泥；
前門剛行過隆重的歡迎儀式，
後門口早偷偷地把我送出去！
我明明在他們脚下，
硬說是在他們心底；
他們把我的貞操隨便調戲，
沒用時把我拳打脚踢；
我做了他們的樓梯，
他們却忘恩負義。
眞理！眞理！
我越想越氣！

我寧願將這個美麗的頭銜放棄，
改名爲權利。
人們再不好意思將我亂提，
我躲到他們心底去休息休息。

卅九、六、二十

# 沉　思

——南海舟中望星有感

波濤在互相呼喚：
午夜的海在打鼾？
起伏的水面是他的胸膛，
我感到他心的震顫！

海風把薄霧慢慢地牽開，
一顆顆的星星漸漸醒來，
智慧的眼睛默視着大海，
我想起中外的無盡天才：

最高的星星莫非是李白？
最亮的星星一定是雪萊！
最遠的那顆恐怕是濟慈，
最怪的那顆可是柯立治？

瘋狂的變亂祇是一時，
詩人的精神永遠不死；
眞理的叛徒終成彗星，
惟有眞理像恆星光明。

卅九、八、六

# 老牛

辣鞭子在𦟌腿上刷刷地抽，
這一段上坡路幾時走到頭！
沉重的大車老不放手，
一輩子弔在我的背後！

我不怨老主人狠心將我打：
生活也拿根鞭子在趕他。
有一天他在我脚邊躺下，
我就給牽進了別的人家！

卅九、九、十五

# 中秋夜

秋月爬上矮矮的圍牆，
向天井裏偷張。
堂上有個老太太，
一串咳嗽
引她摸下了石階，
拖一條瘦瘦的黑影，
在院裏徘徊。
她望着滿樹的桂花
歎口氣：
「今年的桂花又在開，
那孩子還不回來！

我一個孤寡的老太婆，
有什麼心腸把月餅做！
扞麵的棍子讓虫蛀了，
田裏的芝麻沒收一顆！」

秋月照在海岸上。
他背後的刺刀
閃出冷冷的清光。
他獨自站在高崗上，
向海水的盡頭凝望，凝望。
「娘，
台灣的月餅那比你做的香？
台灣的月色比家裏的淒涼。
昨天我們鬧了餉，

兒買了兩個月餅沒吃光；
聽說家裏斷了糧，
留下一個孝敬娘。
娘呀你在天何方？
誰能將兒這塊餅
丟過面前的海洋！」

卅九、中秋

# 算命瞎子

淒涼的胡琴拉長了下午，
偏街小巷不見個主顧；
他又抱胡琴向黃昏訴苦：
空走一天只賺到孤獨！

他能把別人的命運盼得分明，
他自己的命運却讓人牽引：
一個女孩伴他將殘年踱過，
一根枴杖管盡他世路的坎坷！

卅九、十一、八

# 女驗票員

一聲聲的啞哨泣走了春天；
一條車路畫出我的生命線：
黎明是我的起站，
黑夜是我的終點。

我和每個人都拉一拉手，
哼，下車時誰也不回頭！
夜深時倚着空車子回去，
送我到門口是新月一鈎。

四〇、四、二十

# 暴風雨

西天驀地沉下了臉，
死寂窒息着整個荒原；
老鷹盤上了雲塔之尖，
指揮滿天的風雨雷電：

狂風在大野縱橫地奔馳，
是成吉斯汗重討俄羅斯？
半空裏時梳過馬蹄一陣，
加密了西伯利亞的森林！

無數的雨點射廝了地面，

可是那蒙古騎士的利箭？
一萬把鼓槌擂響了大地：
鼓槌是蒙古騎士的馬蹄。

一聲霹靂：電劍砍破了天壁！
可汗在吼：
「孩子們，衝過那烏拉山脊！」
吼聲像巨獸在雲洞裏打滾，
我見他揮着金劍劈了又劈。

每當暴風雨輾過了中原，
我不禁想起歷史的遺跡。
我要找今日的成吉斯汗，
和他去重跨那烏拉山脊！

# 舟子的悲歌

一張破老的白帆
漏去了清風一半，
却引來海鷗兩三。
荒寂的海上誰做伴？
啊！沒有伴！沒有伴！
除了黃昏一片雲，
除了午夜一顆星，
除了心頭一個影，
還有一卷惠德曼。

我心裏有一首歌，

好久，好久
都不曾唱過。
今晚我敞開胸懷艙裏臥，
不怕那海鷗偷笑我：
它那歌喉也差不多！
我唱起歌來大海伱來和：
男低音是浪和波，
男高音是我。

昨夜，
月光在海上鋪一條金路，
渡我的夢回到大陸。
在那淡淡的月光下，
彷彿，我瞥見臉色更淡的老母。

我發狂地跑上去，
（一顆童心在腔裏歡舞！）
啊！何處是老母？
荒烟衰草叢裏，有新墳無數！

四〇、四、廿四

註：惠德曼指美國海洋詩人Walt Whitman，

# 新秧

初夏的稻田好一片綠海，
風過時有陣陣的海波澎湃；
遠山上飛過來一行白鷺，
學海鷗繞波心悠悠地徘徊；

飄飄的雙翼可是那天使的衣帶？
嫩綠色把我的詩心灌溉。
黃昏時我臨風坐在海旁，
看遠海的浪潮直打到我的脚上。

四〇、五、十四

# 送別

你去了，帶去
　一片朝聖者的信心；
你去了，留下
　一個流浪兒的背影。

別讓深夜的狂風暴雨
　打熄你胸中的一綫黎明；
我送你一盞燈兒照路——
　那棕樹提着的一顆星星。

四〇、五、廿六

# 青蛙

你是個放浪的詩人，
你奏出夏的哀曲。
每當無星的暗夜，
你唱着一個老調兒反覆：
閣閣，閣閣。
我懂得你的意思：
寂寞！

你的歌兒愈喧囂，
我的心兒愈寂寥。
每當失眠的悶夜，

我怕聽你那傷感的嘮叨
幽魂般踱出了青草，
把我的枕兒繚繞：
像一個失戀的詩人
在癡癖地苦笑；
像一個亡國的志士
在絕望地吼叫；
像一個懺悔的基督教徒
在死海的岸邊祈禱。

你把悠長，悠長的夏夜
拖得更長：
像算命瞎子的胡琴
嘔嘔啞啞拉長了黃昏。

最怕是寂寂地夏夢初醒，
窗外只剩下幾點殘星，
還有個綠眼欲閉的倦螢，
這時你已經唱得半累，
只啞着喉嚨悲歎一聲。

四〇、五、廿六

# 淡水河邊弔屈原

靑史上你留下一片潔白，
朝朝暮暮你行吟在楚澤。
江魚吞食了二千多年，
吞不下你的一根傲骨！

太史公爲你的投水太息，
怪你爲什麽不游宦他國？
他怎知你若是做了張儀，
你不過流爲先秦一說客！

但丁荷馬和魏吉的史詩

怎撼動你那悲壯的楚辭？
你的死就是你的不死：
你一直活到千秋萬世！

悲苦時高歌一節離騷，
千古的志士淚湧如潮；
那淺淺的一彎汨羅江水
灌溉着天下詩人的驕傲！

子蘭的衣冠已化作塵土，
鄭袖的舞袖在何處飄舞？
聽！
急鼓！可愛的三閭大夫！
灘灘的龍船在爲你競渡！

# 虹

是誰揮彩筆灑一座天橋，
把害羞的水神迎上九霄；
臨去時向西天默默垂禱，
又一齊抬頭凝視着夕照？
天橋上流動着顏色幾條：
淺紅的可是那酒渦含笑？
淡青的可是那衣帶飄搖？
嫩紫的可是那長袖輕招？
東方微聞那仙樂嫋嫋，
伴她們散步在神龍鬚梢，
伴她們踱入虛無和縹緲；

藍空再尋不出纖影窈窕，
像一片詩情溶入春郊。
四〇、七、十二

# 早潮

是海上破曉的時候，
紅日剛抬起半個頭，
我牽着弟弟和妹妹
的手，在高崖守候。

一陣陣的小鳥向遠空飛去，
抖落了啁啾如仲夏的驟雨。

一排排的海浪向我們衝來，
一朵朵的浪花在石脚上開。

弟弟說：
是太陽早起在鋪被窩，
一條被紋是一條海波。

妹妹說：
我想是鯨魚早起在漱口，
不然是海神煮水要洗頭。

我說：哦，不是，都不是！
是海神昨夜失掉了一面銀鏡，
今朝派海潮輪流地上岸來尋。

四〇、七、廿五

# 第二輯

## 序詩

我原是晚生的浪漫詩人，
母親是最幼的文藝女神；
她姐姐生了雪萊和濟慈，
她生我完全是爲了好勝。

四〇、五、廿九

# 沙浮投海

我站在高崖上，
再深深吸一口氣，
向愛琴海和夜空
投最後的一瞥。

夜空是多麼的崇高！
我再伸手也摸你不到；
一羣燦爛的星星
把銀河密密地圍繞。

大海是多麼的深奧！

有幾千年的驚波怒濤？
那遠處的一點漁火，
是誰還沒有睡覺？

海風喲，別牽動我的頭髮，
海浪喲，別衝破我的思潮。
我再把菲昂的臉兒回憶，
把他的眼色再匆匆地一瞧。

星星不見了，
大海不叫了；
星去睡覺了，
海也睡着了；
菲昂，永別了！

希臘，再會了！

卅七、十、卅一

註：沙浮（Sappho），希臘女詩人，戀菲昂（Phaon），遭棄，鬱鬱投海而死。

# 伊人贈我一髮歌

你曾經爲她飲一滴秋雨，
你曾經爲她遮一絲夏陽。
有時你斜倚在他的鬢旁，
偷聽她起伏的旖思旋想；
有時你嬌臥在她的頰上，
笑我給嫉妒刺得發狂；
有時呀你橫架在她的秋水兩岸，
看不盡她那柔情一汪。
往日我眞想擲你倆痛快，
誰料你如今竟成了她的信差！
她說：

你來自她的頭上，
我來自她的心底；
你原是她的遊子，
我原是她的迷羊。
今夜，我邀你對倚一枕，
陪着我一同懷鄉。

四十、二

# 她的微笑

流星一閃，
曇花一現；

彩虹漸隱，
琴聲漸停。

四〇、四、十二

# 昨夜你對我一笑

昨夜你對我一笑，
到如今餘音嫋嫋：
我化作一葉小舟，
隨音波上下飄搖。

昨夜你對我一笑，
酒渦裏掀起狂濤：
我化作一片落花，
在渦裏左右打繞。

昨夜你對我一笑，

啊！
我開始有了驕傲：
打開記憶的匣子，
守財奴似地，
又數了一遍財寶。

四〇、四、十二

# 叩門者之歌

每當你走近我的面前，
我眼裏幻起薄霧一片；
我眼色像蜻蜓點水面，
匆匆地掠過你的笑臉。

不久你消失在我眼底，
你重新出現在我心裏；
我躲在心裏癡癡望你，
比你在眼前還要清晰。

啊！

眼底看隔着幻霧迷離，
心裏看却是全憑記憶；
不如夜深時走進夢裏，
好好地把你看個仔細！

你的臉是個可愛的謎，
你的心鎖着它的謎底；
可許我配上這把小詩，
幽靜處把它偷偷開啓？

四〇、五、十八

# 初戀之謎

有人說：
愛情是糖屑，
深沉藥碗裏；
誰想嘗糖屑，
苦藥喝到底！
姑娘喲！
你這藥碗裏
有糖沒有糖？
一碗酸苦湯，
渾沌不見底！

四〇、四

# 星期天

日子像駱駝穿針眼：
眞難過！
一年幾個有限的星期天，
滋潤着時間的沙漠，
像幾處清泉。

我這可憐的駱駝呀！
好容易穿過了針眼，
挨到了清泉的旁邊，
却不能把那眼波
喝個痛快！

抬頭看看天色，
陰沉沉的，
我又得離開。

四〇、四

# 給葉麗羅

淡水河邊有條路，
路旁有顆大柳樹。
朝朝她從樹下過，
仰聽小鳥唱清歌。
小鳥見她不飛躲，
知道她是葉麗羅，
　　葉麗羅。
我心頭也有隻鳥，
不吃東西不睡覺；
不見她時唱悲歌，

字字都是葉麗羅；
見她却又不敢叫，
只在枝頭發狂跳，
　　發狂跳！

四一、一、十六

# 植物園之夜

細草沉沉是露水泣罷，
薄霧平率着一片輕紗；
新月那纖纖的梳兒一把
梳不透夏夜叢樹的密髮。

小螢孜孜地擎着弱火，
飛來飛去在尋找什麼？
林蔭裏是誰偷哼着戀歌？
啊！
惆悵的原來不止我一個！

四〇、五、十八

# 螢火蟲小夜曲

誰說我已經去遠，
永不再將你留戀？
每個幽冷的星夜，
我仍在你的窗前。

啊！
默默地，默默地，
我在你窗前走過；
不曾提一盞昏火，
也不曾哼句悲歌。

園中有月季朵朵，
花上有露珠顆顆；
露水最濃的地方，
我曾在那兒哭過。

白蒂！
請把那小窗開開，
夜深時讓我進來；
我願化螢光一點，
繞着你帳兒徘徊。

四〇、十一、廿四

# 七夕

秋雁卸盡兩翼的日色，
繁星向銀河兩岸闉集；
牛郎在牛背吹起牧笛，
渡河把他的織女擁接。

沒有悲歎，也沒有飲泣，
用默默的凝視默訴憐惜。
錯過今夜永恆的剎那，
要再守三百六十五夕！

「爲何這銀河永不會枯竭，

讓我過河來長伴你苦織？
爲何這銀河不氾成大海，
把我倆向海底一起沉溺？」

「看暗空又悄墮一片隕石，
我聽到黎明的步聲緊逼。
我送你背影在渡頭消失，
用淚眼向笛聲斷處尋覓。」

四〇、七夕

# 別羅莎琳

別了，羅莎琳！
我親愛的羅莎琳！
莫用歎息送我行，
海上有西風一陣陣；
莫用淚水送我行，
海上有浪濤一聲聲。

哦，別了，羅莎琳！
我親愛的羅莎琳！
別時請莫揮手巾，
海上有白鷗戀船行；

別時請莫揉眼睛，
海上夜來有繁星：
我仰望太空俯視海，
無處可躲羅莎琳！

四〇、八、廿六

# 再給葉麗羅

再會了，高貴的葉麗羅！
從此你池邊沒人來偷坐，
你園中那叢草沒人偷臥，
你窗下石階沒倦腿來磨；
從此
孤獨的樵夫在深山路過，
有新墳一座把風雨來躲。

請莫來墓前哀哀地哭我，
也請你莫唱輓我的悲歌；
晚風低泣有野狐來和。

朝露比淚水耐久得多！
鬼火，
新月，弱螢和涼星數顆
慇懃值夜分詩人的寂寞。

有一天你在我墓前走過，
墓前呀有一樹梅影婆娑。
你伸手摘一顆靑梅解渴，
誰種的這酸梅酸死了我？
你說。
哦！莫問我！莫問我！
誰種的酸梅誰掘的墓！

四〇、七、廿四

# 尾聲

你把我稚心撕做碎片，
我却把它們織成花圈，
跪下，又送到你的面前。

請莫嫌花兒顏色黯淡，
它也曾飲盡露珠點點：
我每夜用淚水澆過萬遍。

落花上可嗅到逝去的春天？
空梁上可聽到飛去的乳燕？
誰伴我悵歌在淡水河邊？

# 後記

本集包含我三年來所寫的新詩三十一首，共分二輯：第一輯以寫作日期爲序，第二輯以情緒發展爲序。其中「沙浮投海」寫於南京，「揚子江船夫曲」和「淸道夫」寫於廈門，其餘都寫於台北。又「她的微笑」，「給葉麗羅」，「螢火虫小夜曲」，「七夕」，「別羅莎琳」等均未曾發表，餘則先後刊於廈門江聲，星光，香港人生及台北中央，新生，野風，經時等報。「再給葉麗羅」在公論報發表時，原名「給葉麗羅」。

這本小册子，無論在內容或形式上，都尙待改進；希望各界給我最嚴正的批評。八年前我開始念舊詩，偶然也寫些絕句。三年前我的興趣轉移到英詩。也在那時，我開始認眞地寫新詩。我覺得：影響我的新詩最大的還是英詩的啓發，其次是舊詩的根底，最後才是新詩的觀摩。說到新詩的觀摩，我不禁要提起菲律賓華僑詩人杜若的傑作「孤星」。「孤星」深婉含蓄，格調老成，曾引起我深深的愛慕。「七夕」之作，實從該詩取得靈感。

在這散文化的二十世紀，詩神徬徨四顧，不免有一點孤單的感覺。我不敢奢望這本小小的冊子能有多大的聲音；只要有「靈魂的親戚」，在星光下，在荒漠裏，在月色幽微的海上，偶而聽到了一聲掠空而逝的飛鳥，因而回憶起我的一行詩句，驀然感到一陣無名的震顫，或是永恆的悵惘，那便是詩人莫大的安慰。

光中，四十一年三月於台大

# 舟子的悲歌

經典復刻3

作　　者：余光中
書　　名：舟子的悲歌
主　　編：封德屏
整體設計：翁　翁
美術編輯：不倒翁視覺創意
金石篆刻：陳宏勉
排版印製：松霖彩色印刷事業有限公司
發行單位：文訊雜誌社
資料提供：文藝資料研究及服務中心
電　　話：（八八六—二）二三四三—三一四二轉一〇一
地　　址：台北市中正區中山南路十一號B2
定　　價：新台幣三百五十元
出版日期：西元二〇一九年二月
I S B N：978-986-6102-41-7

舟子的悲歌・復刻版號：

舟子的悲歌

作者：余光中

出版兼發行：野風出版社
台北漢口街一段六六號

印刷者：振中印刷廠
開封街一段三四巷十號

出版日期：四十一年三月初版